KB195645

# 그리스·로마 설화 5

**친구가 필요한 아기 곰**

메네라오스 스테파니데스 글

1923년 아테네에서 태어나 경제학을 공부한 저자는 수십 년 동안 〈그리스·로마
신화〉를 연구하는 과정에서 아름다운 설화를 발견하여 감성이 가득 담긴 〈그리
스·로마 설화〉를 엮었습니다.

포티니 스테파니디 그림

1962년 아테네에서 태어나 미술을 전공했고 〈그리스·로마 설화〉로 BIB 국제 비
엔날레 도서상을 수상했습니다.

이경혜 옮김

한국외국어대학교 불어교육학과를 졸업했고 어린이들을 위한 다양한 책을 번역
하고 창작하였습니다.

그리스·로마 설화 5
친구가 필요한 아기 곰

메네라오스 스테파니데스 글 | 포티니 스테파니디 그림 | 이경혜 옮김

1판 1쇄 인쇄 2024년 10월 31일 | 1판 1쇄 발행 2024년 11월 15일
펴낸이 정중모 | 펴낸곳 파랑새 | 등록 1988년 1월 21일(제406-2000-000202호)
주간 서경진 | 편집 정혜연, 김보라 | 디자인 권순영
마케팅 홍보 김선규, 구지영, 고다희
제작 윤준수 | 회계 홍수진
주소 경기도 파주시 회동길 152 | 전화 031-955-0700 | 팩스 031-955-0661
홈페이지 www.yolimwon.com | 전자우편 bbchild@yolimwon.com
ISBN 978-89-6155-484-8 74800, 978-89-6155-479-4(세트)

The cat and the bear-cub
Text copyright by Menelaos Stephanides
Illustration copyright by Photini Stephanidi All rights reserved.
Korean translation copyright arranged with Sigma Publications F.&D. Stephanides O.E.
through Shinwon Agency Co., Seoul.

어린이제품안전특별법에 의한 제품 표시
제조자명 파랑새 | 제조년월 2024년 10월 | 제조국 대한민국 | 사용연령 7세 이상

# 그리스·로마 설화 5

## 친구가 필요한 아기 곰

메네라오스 스테파니데스 글
포티니 스테파니디 그림

파랑새

고양이와 곰은
더 이상 아무것도 두렵지 않았지.
쩌렁쩌렁 울리는 메아리 소리는
온 숲속을 울리고도 떨림을 주었어.

"할머니, 할머니, 옛날이야기 하나 해 주세요."

"그래, 그러자꾸나. 그런데 얘들아, 무슨 이야기를 해 줄까?"

"'상추 잎' 얘기해 주세요."

니콜라스가 말했어요.

"아니야, '물의 요정' 이야기가 더 좋아."

마리아가 소리쳤어요.

"난 '게으른 점쟁이' 얘기가 제일 좋은데."

꼬마 피터가 말했어요.

"그럼 이 할미가 '고양이와 아기 곰' 얘기를 해 줄까? 한 번도 해 준 적이 없는 얘기니까. 어떠냐?"

"난 아기 곰이 너무 좋아요."

마리아가 탄성을 질렀어요.

"난 야옹이가 좋은데."

니콜라스가 말했어요.

"난 야옹이와 아기 곰 다 좋아!"

꼬마 피터가 소리를 지르며, 기뻐서 손뼉을 쳤어요.

"그래, 잘 됐구나. 그럼 이제 이 할미 얘기에 귀를 기울여 보렴."


옛날 옛날에 어떤 할머니가 고양이 한 마리를 키우고 있었단다. 그 고양이는 짙은 회색 털에 까만 털과 하얀 털이 섞여 있는 멋진 얼룩 고양이였어. 할머니는 그 고양이를 몹시 귀여워했지.

가난한 할머니는 날마다 요구르트를 한 사발씩 만들어 먹었어. 그런데 언제부턴가 요구르트를 만들어 놓기만 하면 누가 몰래 와서 훔쳐 먹어 버리는 거야!

하루는 할머니가 문 뒤에 숨어서 지켜보았지. 누가 요구르트를 먹는지 알아내려고 말이야.

'이 도둑 녀석이 누구인지, 내가 기필코 잡아내고야 말리라. 잡아서 혼을 내 주어야겠다. 그런데 도대체 왜 요구르트를 가져가는 것일까?'

할머니는 궁금해하면서 오래 숨어 있었어. 조용한 별들과 달들의 소곤거림만 들릴 뿐, 무슨 일이 있었냐는 듯 도둑은 찾아올 기미가 없었지.

할머니는 도둑을 기다리다가 까무룩 잠이 들고 말았어. 갑자기 어떤 소리가 들렸어.

소스라치게 놀란 할머니는 눈을 크게 뜨고 몸을 숨겼지. 어디에선가 분명히 소리가 들렸는데, 아무리 눈을 씻고 찾아봐도 사람은 보이지 않았어.

할머니는 소리가 난 방향으로 좀 더 가까이 살금살금 다가가 보았어. 곧 도둑을 잡을 수 있을 것이라는 희망이 들기 시작했지.

그랬더니 글쎄, 무엇을 보았겠니? 할머니는 자기 눈을 믿을 수가 없었어. 그릇에 코를 박고 요구르트를 먹어 치운 건 할머니가 그토록 귀여워한 바로 그 고양이였거든.

귀여워했던 고양이였으니 할머니는 더 속이 상했지. 화가 머리끝까지 치민 할머니는 그 불쌍한 고양이를 당장 집 밖으로 내쫓아 버렸어.

고양이는 구슬픈 목소리로 야옹거리면서 길을 떠났단다.

고양이는 계속 울면서 걸었지.

고양이는 오솔길을 달려 내려갔어. 내내 슬프게 울면서 말이야. 숲속에 들어가서도 고양이는 슬픈 목소리로 야옹거렸지.

"야옹! 야옹! 야옹!"

그렇게 숲을 지나가던 고양이는 "우! 우! 우!" 하고 울고 있는 아기 곰을 만났어. 반짝이는 빨간

코를 가진 아기 곰이었지.

"아기 곰아, 왜 그렇게 울고 있니?"

고양이가 물었어.

"엄마를 잃어버려서 우는 거야."

아기 곰이 대답했어.

고양이는 "야옹! 야옹!" 울고, 아기 곰은 "우! 우! 우!" 울었지만 둘은 금방 친구가 되었어. 그래서 둘 다 울음을 그쳤지.

울음을 그쳤다가도 한참 동안 서로를 바라보며 다시 서럽게 울더니, 둘은 이윽고 진짜로 울음을 멈추고 정신을 차리기 시작했어.

얼마나 구슬프게 울었는지 아기 곰의 빨간 코는 더욱 빨갛게 돼 있었고, 고양이는 얼룩무늬가 다 젖고 목소리가 쉬어 버렸지 뭐야.

두 녀석은 동시에 마음속으로 생각하고 있었어.

‘우우……, 내가 이 친구랑 뭔가 함께해 나갈 수 있을까? 물어볼까? 물어보지 말까? 엄마가 없으니 너무 무서워서 나는 친구가 필요해.’

‘야옹……, 나를 그토록 귀여워해 준 할머니로부터 도망쳐 나와 나는 이제 갈 곳이 없어. 내가 곰이랑 함께할 수 있을까? 나는 이제 어떻게 살아야 하지?’

고양이와 곰은 용기를 내야겠다는 생각을 했어. 그래서 서로의 고민을 용감하게 말해 봐야겠다고 결심을 했지.

그래서 둘이 동시에 입을 열었어.

“우우……, 고양이 친구!”

“야옹……, 아기 곰아!”

“나와 함께 지내지 않을래?”

“물론이지. 앞으로 잘 부탁해. 아기 곰아.”

"너같이 좋은 친구를 만나서 정말 좋지만 너도 무서운 짐승들한테서 나를 구해 주진 못하겠지? 엄마를 잃어버리니까 모두들 나를 잡아먹으려고 야단들이야."

아기 곰이 말했어.

"너를 구해 주는 거? 할 수 있어, 아기 곰아."

고양이가 대답했어.

"우리 엄마도 찾아 줄 수 있니, 야옹아?"

"그럼, 엄마도 찾아 줄 수 있고말고."

고양이는 얼른 대답해 주었어. 아기 곰이 가엾어서 말이야.

밤이 되자 둘은 굴을 찾아내서 그 속에 들어가 잤어. 아침에 일어나니까 배가 몹시 고팠지.

"아침 식사는 뭘로 할까? 아기 곰아."

고양이가 물었어.

"넌 여기 있어. 숲은 내가 잘 아니까. 내가 가서 개암이랑 밤이랑…… 그래, 잘 익은 산딸기도 따 가지고 올게. 멀리는 안 갈 거야. 혹시라도 내가 소리를 지르면 날 구해 줘야 해, 알았지?"

"걱정 마, 아기 곰아. 너는 소리만 질러. 아무도 너한테 털끝 하나 못 건드리게 해 줄게."

고양이가 말했어.

아기 곰이 과일을 따는 동안 무서운 짐승들이

와서 공격할지도 모르는 일이었어. 고양이는 무척 걱정이 되었지. 그래서 평소보다 귀를 쫑긋 세우고, 혹시 모를 소리에 대비해 온몸의 털을 세우고 있었어. 오늘따라 얼룩무늬가 더욱 무시무시하게 보였단다.

'혹시 커다란 짐승이 숨어 있다가 몰래 공격하는 것은 아니겠지? 부디 곰이 먹을 것을 마련하는 동안 아무 일도 일어나지 않아야 할 텐데. 내게 소리만 보내 주면 아무 문제 없어. 나는 아기 곰을 공격하는 녀석들을 모두 해치울 수 있지!'

이렇게 고양이가 아기 곰을 걱정하는 동안 곰은 열심히 먹을 것들을 구하고 있었어. 맛있는 산딸기를 잔뜩 구했단다. 아기 곰은 열심히 열매를 따는 데 집중하느라 정신을 잃을 지경이었어. 그래서 주변에서 나는 소리도 들리지 않게 됐어.

'자, 이제 개암을 따 봐야겠다. 개암이 얼마나 맛있는지 고양이에게 알려 주고 싶어. 어서어서 담아서 빨리 돌아가야겠다. 배가 많이 고프네…….'

고양이가 자기를 지켜 줄 것이라는 마음에 걱정도 없으니 너무나 즐거웠어. 오늘따라 왠지 아무도 자기를 해치지 않을 것 같은 기분마저 들었지. 친구란 참 좋은 존재인가 봐. 울보였던 아기 곰이 이렇게나 용감해지다니.

아기 곰은 개암나무 숲을 향해 다가갔어. 숲속으로 가는 길은 너무나 아름다웠어. 아름다운 나뭇잎들과 꽃잎들이 날아다니고 과일의 향기로운 냄새가 코앞에 닿는 것 같았어.

그동안 엄마를 찾느라 슬픔에만 빠져 있었다는 사실을 아기 곰은 그제야 깨달았지. 고양이를 만나기 전까지는 무엇을 먹으면서 지내왔는지도 기

억이 까마득하게 느껴질 정도였어.

'이제는 우리 둘이 함께하니까 누구도 털끝 하나 건드릴 수 없어. 내가 위험하면 고양이가 나를 지켜 줄 것이고, 고양이가 위험에 빠지면 내가 지켜 줄 거니까. 어쩌면 내가 이렇게 안전하게 지내다 보면 엄마를 다시 찾을 수 있을지도 몰라.'

개암나무 숲으로 가는 동안 왠지 모르게 희망이 솟아오르는 느낌이 들었어. 아기 곰은 힘차게 달리고 또 달렸어. 얼른 고양이에게 맛난 것들을 들고 가고 싶은 마음뿐이었어.

"와! 저곳에 열매가 잔뜩 열려 있구나! 혹시 누가 우리를 향해 다가오고 있는 건 아니겠지?"

등 뒤 멀리에서 무엇인가 움직이는 소리가 들리는 것 같았지만 아기 곰은 신경 쓰지 않았어. 이제는 무서울 것이 없다는 생각이었거든.

아기 곰은 숲속으로 달려가 개암을 따고 있었
어. 그때 여우 한 마리가 불쑥 나타났어.

"널 잡아먹어야겠다!"

여우가 소리치며 아기 곰을 덮치려고 했어.

"친구야! 여우가 날 잡아먹으려고 해!"

아기 곰이 당장 소리를 질렀지.

그러자 고양이는 숨을 깊게 들이마신 다음, 온
힘을 다해 소리를 질렀어. 쩌렁쩌렁 울리는 무서
운 목소리가 온 숲속으로 퍼져 나갔어. 정말로 무

시무시한 목소리였어.

　게다가 굴속에 있었으니까 그 소리는 열 배는 더 쩌렁쩌렁 울렸어. 그 바람에 더욱 무시무시하게 들린 거야. 넋이 빠지게 놀란 여우는 산토끼보다 더 빨리 달아나 버렸지.

고양이 목소리가 어떻게 그럴 수 있는지 신기하지? 그건 동굴이 만들어 낸 메아리가 숲에 울려 퍼진 탓이란다. 동굴 속에서 소리를 지르면, 동굴은 속이 빈 커다란 나팔처럼 목소리를 엄청나게 크고 무섭게 만들어 주거든.

이 일을 계기로 고양이와 곰은 이전의 울보들이 아니게 되었어. 더 이상 아무것도 두렵지 않았지. 쩌렁쩌렁 울리는 메아리 소리는 온 숲속을 울리고도 떨림을 주었어. 여우가 기겁을 할 만도 했지.

"친구야, 네가 내 곁에 있으니, 엄마가 없을 때 느꼈던 외로움을 이제는 잊을 수 있을 것 같아. 아까 여우 도망가는 것 봤지? 너무 통쾌해서 웃음이 터졌지 뭐야. 내가 괜히 겁만 잔뜩 먹었던 것 같아서 후회스러워. 앞으로는 네가 나를 엄마처럼 지켜 줄 거니까 이제 아무것도 무서워하지 않을게."

아기 곰은 자랑스럽게 말했어. 고양이는 말할 수 없이 행복해졌단다.

"그래, 나도 동굴에 있던 나의 목소리가 그렇게 무시무시해질 거라고는 생각조차 못 했다니까. 내가 숨을 깊게 들이마시고 온 힘을 다해 소리를 질렀더니, 쩌렁쩌렁 울리는 무서운 목소리가 갑자기 천둥처럼 퍼져 나갔어. 굴속에서 소리가 울리니까 평소에 내 소리의 열 배 이상 쩌렁쩌렁 울린 것 같아. 그래서 더 무시무시한 소리가 들렸던 거야. 아까 여우를 보니 넋이 빠지게 놀라서 정말 빨리 달아나 버리더라. 하하하."

두 친구는 서로를 지켜 주기로 약속하길 참 잘했다는 생각이 들었어. 맛있는 식사도 함께했지. 정말 행복한 시간이었어.

자, 이제 다시 이야기로 돌아가자꾸나. 여우는

꽁지가 빠지게 달아나다가 멧돼지를 만났어.

"여우야, 왜 그렇게 넋이 나갔니?"

멧돼지가 물었지.

"아휴, 말도 마. 내가 아주 먹음직스럽고, 살이 연한 꼬마 곰을 찾아냈거든. 그래서 그 녀석을 한 입에 잡아먹으려고 막 덤벼들던 참인데, 글쎄 그 꼬마 곰한테 아주 무시무시하고 사나운 친구가 있었지 뭐니? 휴, 그 괴물의 손아귀에서 어떻게 빠져나왔는지 아직도 정신이 없네."

"저런, 여우 심장이 병아리 심장만도 못하다니! 내가 직접 가 보지. 두고 보라고, 내가 간식거리를 장만해서 돌아올 테니까."

멧돼지는 아기 곰을 찾으러 갔지. 아기 곰은 밤을 따고 있었어.

"네 이놈! 널 잡아먹어야겠다!"

멧돼지는 사납게 외치면서 아기 곰을 덮치려고 했어.

"친구야! 멧돼지가 날 잡아먹으려고 해!"

곰은 다시 소리를 질렀어.

그러자마자 고양이는 다시 온 힘을 다해 고함을 질렀어. 그 목소리는 동굴 속을 돌아 전보다 더 우렁차게 울려 퍼졌어. 겁에 질린 멧돼지는 넋이 빠져서 산토끼보다 더 재빨리 달아났지. 지난번 여우보다도 훨씬 더 빨랐단다.

"하하, 저 멧돼지 좀 봐. 산토끼보다 더 빠르게 달리네."

"내 목소리가 그렇게 무시무시한가? 앞으로 얼씬도 하지 말아라!"

아기 곰은 신이 나서 말했어. 고양이도 자랑스러움에 으스댔지.

멀리 보이는 멧돼지는 쉬지 않고 도망쳐서 여우에게로 돌아가고 있었어. 얼마나 줄행랑을 치는지 정말 엉덩이가 빠질 것만 같은 지경이었지.

'이전에는 들어 본 적도, 경험해 본 적도 없는 정말 무시무시한 소리였어. 여우가 무서워한 이유를 이제야 알겠어. 아, 또다시 만나게 되면 어떻게 해야 하지? 정말 큰일이다.'

멧돼지는 자신이 경험한 이 엄청난 사건을 누구에게 알려서 어떻게 해결해야 하나 온통 걱정에

휩싸여 있었어. 걱정을 한가득 안은 채로 멧돼지
는 숲속을 달려 여우에게로 갔어. 늑대도 거기에
와 있었어. 여우와 멧돼지는 늑대에게 아기 곰의
무시무시한 친구에 대해 얘기해 주었지. 하지만
늑대는 가슴을 앞으로 내민 채 으스대며 말했어.

"웬 겁쟁이들이 둘씩이나 생겼어! 내가 직접 가
봐야지 안 되겠군. 그동안에 너희는 식탁이나 차

리고 있으라고. 오늘 맛있는 아기 곰과 그 무섭다
는 아기 곰의 친구로 저녁 식사를 할 테니까."

늘대는 숲으로 껑충껑충 뛰어가서 아기 곰이 있
는 곳으로 갔어. 마침 아기 곰은 산딸기나무에 앞
발을 뻗어 빨간 열매를 따는 중이었어.

"나한테선 못 도망갈걸! 너를 잡아먹어야겠다!"

늘대는 으르렁거리면서 아기 곰을 덮치려고 몸
을 웅크렸어. 그때였어.

"친구야! 늑대가 날 잡아먹으려고 해!"

곰은 다시 소리를 질렀어.

그러자마자 고양이는 다시 사납

게 고함을 질렀어. 그 소리는

동굴 속을 돌아 전보다

열 배나 더 무시무시하

고 커다란 소리가 되어 울려 퍼졌어. 늑대는 어찌나 놀랐는지 꽁지가 빠지게 달아났지.

늑대는 나머지 두 친구들을 보자 넋이 나간 얼굴로 말했어.

"너희 말이 맞아. 어떻게 빠져나왔는지도 모르겠어!"

"내 말 좀 들어 봐. 이럴 땐 머리를 써야 한다구. 일단 좋은 말로 그놈들을 식탁으로 불러오는 거야. 그런 다음에 우리 셋이 한꺼번에 덮치잔 말이야. 그러면 그놈들도 꼼짝 못 하고 잡히는 거지."

여우가 말했어.

"좋은 생각이야."

늑대와 멧돼지도 찬성했어.

여우는 쪼르르 달려가서 아기 곰을 찾아내 친절한 미소를 지으며 말했어.

"아기 곰아, 아까는 정말 미안했다. 혹시 우리 잠깐 얘기 좀 하면 어떨까?"

아기 곰은 다시 나타난 여우를 보자 너무 깜짝 놀라 화가 났어. 그렇게 겁을 줬는데 어떻게 또다시 나타날 수 있는지 화가 났지.

'그렇게 무시무시한 소리를 듣고도 다시 나타나다니. 괘씸한 녀석이네. 내 친구와 함께 이 녀석을 다시는 얼씬거리지 못하게 혼을 내야겠어. 그런데 왜 이렇게 친절해진 거지? 혹시 나한테 사과하려고 그러나? 아니야, 빨리 고양이에게 이 사실을 알리고 더욱 혼을 내 줘야 해. 안 그러면 우리를 우습게 볼 수도 있어.'

아기 곰의 그런 생각을 마치 훤하게 들여다보기라도 하듯, 여우가 알 수 없는 웃음을 지으며 다시 곰에게 입을 열었지.

"아까는 너랑 같이 놀려고 한 장난이었어. 그런데 넌 왜 그렇게 우리를 놀라게 해서 정신을 쏙 빼놓게 만들었니? 우리 모두는 같은 숲속에 사는 이웃이야. 우리는 서로서로 사랑해야 돼. 네 친구랑 같이 저기 커다란 플라타너스 나무 아래로 오지 않을래? 우리가, 그러니까 멧돼지랑 늑대랑 내가 너희를 초대하는 거야. 함께 모여 먹고 마시면서 우리의 만남을 축하하자구."

아기 곰이 좋다고 하자마자 여우는 못된 친구들에게로 얼른 돌아갔지. 그 녀석들은 부랴부랴 커다란 플라타너스 나무 밑에 군침이 도는 온갖 종류의 음식들을 차려 놓았어.

우리의 착한 두 친구도 금방 나타났어. 못된 세 마리의 짐승들은 고양이를 보자 하나같이 눈을 비비며 말했어.

"저 조그만 놈이 우리 모두를 겁에 질리게 한 괴물 친구라고?"

늑대가 말했어.

"흥, 이가 갈리는군. 저놈을 꼭 잡아먹고야 말겠어."

멧돼지가 말했어.

"두 놈 다 잡아먹어야지!"

늑대가 말했어.

"서두르지 좀 마. 저놈들이 나무 밑으로 바짝 올 때까지 꾹 참고 기다려. 내가 입을 열면 그때 함께 덮치는 거야."

꾀쟁이 여우가 말했지.

그 사이 아기 곰과 고양이가 나무 밑으로 다가왔어.

고양이는 할머니한테서 인사법을 잘 배웠기 때문에 공손하게 자기소개를 하려고 막 입을 벌리는데, 글쎄, 갑자기 재채기가 터져 나오려는 거야.

"에에에, 에에……."

(고양이는 "처음 뵙겠습니다."라고 말하려고 했는데 그 말은 하지도 못했어.)

"자, 어서들 와!"

여우가 입을 열었어.

"에에, 에에에……."

고양이는 계속 그 모양이었어.

"요 녀석들, 잡았다!"

못된 세 친구들이 한꺼번에 착한 두 친구에게 달려들었어.

그때였어. "에에에, 에취!" 하고 고양이는 마침 달려든 못된 친구들의 귀에다 대고 재채기를 터뜨렸어. 귀가 떨어져 나갈 것만 같은 엄청나게 큰 소리였지.

늑대와 그 일당은 이 갑작스러운 폭발 소리에 정신이 나가고 말았어. 도대체 무슨 일이 일어난 건지도 모른 채 어리둥절해 있는데, 이번에는 또 머리 위로

무엇인가 '쿵' 하고 떨어지는 거야.

커다란 곰이 바로 그 나무 위에서 자고 있었거든. 커다란 곰은 고양이의 천둥 같은 재채기 소리에 갑자기 잠이 깼어. 그 바람에 몸이 기우뚱거리다 늑대와 여우, 멧돼지의 머리 위로 떨어지고 만 거야.

그 장면을 꼭 봤어야 하는데!

세 악당들은 도대체 머리 위에 무엇이 떨어졌는지조차 알지 못했어! 하나는 이리로, 하나는 저리로, 우왕좌왕, 고래고래 비명을 지르고, 고함을 치면서 도

망가느라 정신이 없었으니까. 그 녀석들은 겁에 질려
서 구르고 넘어지면서도 다시 일어나
달아났지. 마침내 모두들 나무
사이로 사라져
보이지 않게 되었어.

이제 그곳에는 커다란 곰과 아기 곰이 나란히 앉아 있었어. 커다란 곰도 아직 그 못된 세 친구들처럼 어리둥절한 모습이었지.

"그래, 이 곰이 과연 누굴까?"

"그거야 아기 곰의 엄마죠!"

꼬마 마리아가 외쳤어요.

"맞았어. 그 아기 곰의 엄마였지. 엄마 곰은 멋진 고양이 친구 덕분에 아기 곰을 찾은 거야. 엄마 곰이랑 아기 곰이랑 둘이 껴안고 기뻐서 춤을 추는 모습을 보여 주고 싶구나! 물론 고양이도 기뻐했지. 자기의 재채기 덕분에 목숨을 구했고, 거기다 친구는 엄마를 찾았고, 또 엄마는 아기를 찾았으니까. 그 모든 것을 축하하기 위하여, 고양이와 곰 두 마리는 함께 빙 둘러앉았어. 모두들 웃고 노래하며, 친구를 속여 먹으려던 못된 짐승들이 차려 놓은 음식을 말끔히 먹어 치웠단다."

꼬마 마리아의 얼굴에 잔잔한 미소가 퍼졌어.

"엄마를 되찾게 된 아기 곰이 얼마나 행복했을까

요? 요구르트를 훔쳐 먹다가 도망쳐 온 고양이가 없었더라면 아기 곰은 영영 엄마를 찾지 못했을 거예요. 어쩌면 고양이가 가장 행복해할지도 몰라요."

"그래, 친구란 그처럼 좋은 것이란다. 어려울 때 서로를 돕고, 기꺼이 가족과 같은 존재가 되어 주는 것이 바로 친구이지. 친구가 있으면 두려움을 이기고 용기를 낼 수 있다는 것을 고양이와 아기 곰은 서로에게서 배운 것이란다."

그러자 꼬마 피터가 말했어요.

"할머니, 저는 옛날이야기 중에서 '게으른 점쟁이' 이야기가 제일 좋아요. 이제 제가 좋아하는 이야기 들려주세요! 네? 제발요!"

"오냐오냐, 그러자꾸나."

할머니는 따뜻한 미소를 지으며 다시 아이들의 상상 속으로 여행을 떠나기 시작했어요.

# 문해력을 키워주는
## 감성의 보물창고 〈그리스·로마 설화〉

여러분은 〈그리스·로마 신화〉에 대해 평소에 많이 들어 보았을 거예요. 상상력의 보물창고라는 별명을 가진 〈그리스·로마 신화〉는 고대 그리스에서 생겨나 로마 제국으로 이어지는 신들의 이야기입니다. 옛날 사람들의 상상 속에서 창조된 제우스, 헤라와 같은 신비로운 신들의 이야기인 〈그리스·로마 신화〉는 수천 년이 지난 현대사회에서도 마치 생명이 있는 것처럼 살아 숨을 쉬는 이야기로 여겨집니다. 이렇게 오늘날까지도 과학과 철학 그리고 예술 세계에 큰 영향을 미치고 있어 꼭 읽어야만 하는

<그리스·로마 신화>는 엄청나게 많은 신들의 세계가 복잡하게 얽혀 있는 커다란 규모의 이야기이기 때문에, 신화 속의 세계를 깊이 있게 이해하기 위해서는 세상에서 실제로 일어나지 않는 일을 마치 실제처럼 재미있게 엮은 이야기 즉, 전해져오는 상상의 이야기를 감성으로 이해할 줄 알고 익숙해져야 합니다. 그래서 신화와 함께 읽는 감성의 보물창고 <그리스·로마 설화>를 여러분에게 소개합니다. 지금부터 떠나게 될 <그리스·로마 설화>에는 바로 그런 옛날이야기들이 가득 담겨 있습니다. 특별한 민

족의 사이에서 조상들의 입으로 전승되어 오는 전설이나 민담의 이야기가 바로 설화입니다. 그래서 설화는 익숙한 옛날이야기 같기도 하면서 신화처럼 신비롭기도 하고, 마치 앞으로도 일어날 수 있을 것만 같은 상상의 세계를 감성의 보물창고로 열어주고, 신화를 읽기 위한 문해력을 풍부하게 성장시켜줍니다. 이제 상상력의 보물창고 <그리스·로마 신화>와 함께 읽는 감성의 보물창고 <그리스·로마 설화>를 통해 재미있는 보물찾기 여행을 함께 떠나 보세요.

# 감성의 문해력을 키워주는
## 《그리스 · 로마 설화》

# 뇌과학자 정재승이 추천하는
인간을 이해하는 12가지 키워드로 신화읽기
《그리스 · 로마 신화》